# BONICA HEIDI SIU

從建築師到手袋鑒證師

從平凡走到不平凡

# BONICA HEIDI SIU

## 一位改變奢侈品世界的人

作者：蕭穎芯 Bonica Heidi Siu
文字：陳希樂 (Simone Limited)
插圖：陳栢昕 (Simone Limited)

超媒體出版有限公司

# 目錄

簡介/ p.6

第一章
起點 ——Bonica Heidi Siu的初篇 / p.8

第二章
築夢之路——學術的嚴謹與運動的熱情/ p.34

第三章
建築夢想——從理論到實踐/ p.56

第四章
建築愛情——和靈魂伴侶共築人生/ p.80

第五章
創業的躍進——從專業到創業的轉變/ p.94

第六章
奢華的真諦——成為手袋鑒證師/ p.118

第七章
承諾與貢獻——社會創新的領航者/ p.136

第八章
過往與未來——注解與延伸/ p.156

# 簡介

香港，一個繁華且喧鬧的國際化城市。

1990年的7月6日，這個城市中一個不算起眼的地區——慈雲山，誕生了一個特別的女孩，她的名字是蕭穎芯(Bonica Heidi Siu)，而這個女孩人生故事的第一章也將從這個平凡的社區中開始書寫。

Heidi在踏上創業之路之前，一直都使用著這個名字。然而Bonica這個名字標誌著她事業的新開始，也代表著她人生的轉捩點。

# 起點

## ——Bonica Heidi Siu的初篇

# 家庭：愛的搖籃

Bonica 誕生在一個典型的香港家庭。

父親 Peter Siu是一名勤奮努力的工程師，他在工作中總是非常注重細節，並擁有快速解決問題的能力，這種精益求精的態度在Bonica的心中種下了對未來生活和工作追求卓越的種子。

母親 Ruby Chiu是一名勤勞善良的家庭主婦，她每天照顧著家中的大小事宜，無微不至地關懷著Bonica，為年幼的Bonica營造了一個充滿愛和安全感的家；姐姐 Sky也非常關心並喜愛身為妹妹的Bonica。姐妹兩人是彼此生命中最早也最好的遊戲伴侶和秘密分享者。

出生在慈雲山唐樓單位的Bonica在小學一年級後便搬到了公共屋邨的單位。在這裡，Bonica度過了生機盎然且活潑有趣的童年。

毛絨玩具、煮飯遊戲和停車場玩具充滿在她的童年。這些玩具和遊戲為她的童年增添了無窮的想像力和快樂。這些玩具不僅是遊戲的一部分，更是她想像世界的工具。在這些玩具和遊戲所構築的虛擬世界中，她總是抱持著對未來和世界奇特而又美好的猜想和期盼。

# 教育：求知的種子

在小學時，Bonica便已展現出她與眾不同的特質。這得益於母親早期的教導和父親的言傳身教，培養出她嚴謹的治學態度、優雅的待人禮儀和較高的自我要求。與同齡人之間明顯的差距讓她在稚嫩的花海中顯得格外耀眼。

從一年級開始，她便成為了老師眼中的好學生，她天生優越的領導才能也讓同學們對她讚不絕口。在這個成長階段中，Bonica迎來了她人生的第一次挑戰—成為班長，這是她人生中第一次感受到責任的重量，也是她人生中第一次感受到榮耀的光芒，自此，她成為了大家的榜樣，連續五年成為班長。

# 領導初體驗

Bonica的領導才能在她的童年時期就得到了充分體現。連續五年被選為班長，並贏得了師生們的一致認可，被公認為無可替代的學生代表。這種認可並非偶然，而是源於她嚴謹的負責態度。她不僅嚴謹治學，還以穩健的步伐引領班級前行。同時，她在管理班級時總能以理性的思維妥善處理各類問題。

值得一提的是，Bonica並非一味嚴肅，她懂得從人性化的角度關心同學，用真摯的心去換取同學們的信任與支持。正是這樣的品質，讓她在班級中贏得了廣泛的尊重與讚譽。

「人無我有
人有我優」

—— Bonica 把母親 Ruby Chiu的教誨銘記於心，
成為了 Bonica 的座佑銘

# 第一次的光榮

在童年時期平淡又耀眼的日子裏，一件特別的事件將Bonica推向了公眾的視野。那是小學五年級的一次特別機會，她代表學校出席*香港資訊教育城的開幕典禮，並榮幸地得到了與當時的*教育署署長張建宗先生同行的機會，還得到了他的鼓勵，這次經歷成為了她學術旅程中一個重要的里程碑。

*注：
香港資訊教育城（現時稱為香港教育城）;
教育署（現時稱為教育局）

# 1st Honour

而同樣是在這一天，Bonica 的名字和照片也伴隨著她人生中的第一次報章訪問，首次出現在報紙上，展現在大眾的面前。這段特別又榮耀的經歷在加深她對學習的熱愛的同時也在她的心靈中埋下了一顆追求卓越的種子。也開始認識到無論出身或背景，只要努力地向上，每個人都有閃耀的機會。

Bonica開始更加自信，相信自己未來一定能夠攀登上人生的高峰，成為閃耀群星中最獨特的那一顆。在Bonica的故事中，我們可以看到一個出身於平凡社區中的女孩，努力地用不平凡的靈魂打磨自身，在屬於她自己的尋找自我、追求卓越的人生旅程中綻放光芒。家庭的溫暖愛意，學業的自我成就和克服困難的不屈精神，編織成了她早期人生中的絢爛彩虹，而這些，也都成為了她未來的每一個人生篇章堅實的奠基之石。

# 成長中的挑戰

人生不會總是一帆風順，
不是所有經歷都光明燦爛。

Bonica的學校生活中，也曾經感受到他人無端的惡意—有些同學嫉妒她的成績，有些同學憎惡老師對她的偏愛。

無端的惡意向她襲來，她被迫承受著惡魔們在學習和生活中排擠，甚至面對老師聽信讒言的誤解。她試圖解釋，想要辯解，但那些話卻卡在了她的咽喉，她只能承受、忍耐。

這些挑戰激發了Bonica昂揚向上的鬥志。她展現的是一種超前的精神內核—「若你對我心生不悅，我便以自身的快樂回應」。逐漸地，小學階段的她在學業和運動上都脫穎而出，成為了學校的學生代表，在各種校內外的比賽中獲獎，在多個領域中展示出自己超凡的天賦，讓那些曾經的霸凌者都望塵莫及。

從這些早年經歷中，Bonica不僅學會了珍惜生活中的每一份幸運，還學會了從經歷中消化、汲取，讓她在逆境中依然擁有保護自己的機智，面對否定時依然堅持自我肯定的決心。正是這樣略顯跌宕的人生道路，讓她沒有成為溫室中的花朵，而是成為了堅韌閃爍的鑽石。

# 家庭：穩固的後盾

對於Bonica來說，若學校生活像是時而風平浪靜，時而暗流洶湧的大海；那麼家庭就是永不向她熄滅燈光的燈塔。作為掌控自己人生的船長，在面對海浪和疾風驟雨時，燈塔的光芒總是那麼耀眼、溫暖，充滿著堅實的安全感。父母無保留的愛意和指導，姐姐溫暖的陪伴與貼心的安慰，都成為她克服困難、不斷向前的動力。正因為有著這樣堅定、溫暖的後盾，她才能夠始終保持船舵航向毫不偏離，一往無前。

# 夢想的萌芽

Bonica的童年居住環境的轉變中，已經悄然萌芽了一顆向上的種子。從慈雲山的公共屋邨，到共同生活的居屋。Bonica與家庭一起經歷了從狹小到寬闊舒適的生活環境的轉變。這樣的變化象徵著家庭經濟能力的提升，也展示出了一家人對積極向上的追求。

同時，這也讓Bonica對生活品質的追求和對美好事物的渴望日益積累。這顆從小埋藏的種子，悄悄地吸取力量和營養，在多年後破土而出。最終奠定了她成為奢侈品鑒證師的基石。而那些曾經伴隨她童年的毛公仔們，也奠定了她對精緻與高質量產品的欣賞和喜愛。正是在這樣溫暖與嚴謹並行愜意與積極共存的家庭環境中，她開始培養出對細節的敏感度和對工藝的欣賞能力，對"美"也有了更高的追求。這些特質都在她後來的生活和職業選擇中發揮了重要作用。

# 童年的終章：
# 奠定未來的基石

Bonica Heidi Siu 的童年充滿愛、挑戰、成長與發現。從一個享受毛公仔陪伴的小女孩，到傑出而全面的學生代表，再到經歷欺淩和社交困境的堅韌少女，在Bonica的人生道路上，天賦帶來機遇，努力成就傑出，挫折也打磨靈魂。這些經歷為她的人生打下了堅實的基礎，讓她在未來的日子裏，不僅能擁有夢想，更能擁有將夢想變為現實的能力。

這一章節的結尾，不僅標誌著Bonica童年階段的結束，也預示著她將踏上全新的旅程。一個更加盛大，更加令人著迷的新世界正在等待她的踏入。

# 築夢之路
## ——學術的嚴謹與運動的熱情

翻開 Bonica Heidi Siu 生命故事的初篇，除了家庭、學校、磨鍊和成長的正劇以外，還有著許多有趣的小故事—小學階段不僅僅是她學習的起點，更是她多方面天賦和興趣發現的起點。她頭頂的皇冠上閃爍的不僅是名為“學術”的耀眼鑽石，還有更多大小不一的璀璨寶石，同樣散發著不可忽視的光芒。

# 學術的榮光

自小學一年級起，Bonica便以其非凡的學習能力閃耀於知識的星辰之中。幼年時期母親Ruby的教導，令她心中一直有著對知識的渴求和對完美的追求，而這些教導更如同滋養心智之花的清露，讓Bonica小小的年紀便擁有著優雅的舉止。

Bonica在課堂上的表現日益出色，不僅在英文和美術科目中屢獲殊榮，更成為了班上公認的優秀學生。

Bonica在學術之路上的每一步都顯得堅定而穩健。她很快成為了同學們崇拜的對象，她的每一次演講、每一份作業，甚至每一次的課堂討論，都在彰顯著她對學習的熱愛和承諾。

# 運動場上的星光

運動場上，Bonica同樣有著無與倫比的才華。小四暑假時，她參加了學校的羽毛球訓練班。在短短的十課裡，Bonica 已經展示了十足天分。

教練特意安排了她和當時最頂尖的球員打比賽，然而作為一個剛入門的球員、一個初次站在賽場上的新手，她在經驗老到的球員面前顯得格外手足無措。結果遭到了當時的校內亞軍球員取笑，笑她連簡單的比賽賽例也不懂，就連發球時該站的位置也錯了。

在這場並不激烈的比賽之後，Bonica有些難過。然而，她那永不言敗的精神像熊熊燃燒的火焰，從未在她的心中熄滅。就在這時，學校的班際羽毛球比賽如同一束光芒，照亮了她的心靈，Bonica毫不猶豫地報名參加，決心用她的努力和汗水書寫一段屬於自己的傳奇。

這個聖誕節假期的Bonica的生活被羽毛球的魅力所填滿。她漸漸沉浸在羽毛球的世界裏，刻苦研讀比賽的規則和技巧。即使是在家中，她也手持球拍，對著沙發後的牆面進行不懈的練習，直到牆面留下了無數的小洞。

時光不負有心人，Bonica的辛勤付出終於開花結果。在班際羽毛球比賽當天，她如同一股不可阻擋的強風，一路戰勝強敵，闖入了半決賽。

面對那位曾嘲笑她的校內亞軍，Bonica以絕對的實力和堅定的意志，將其擊敗。而決賽中，面對上屆冠軍的挑戰，Bonica全神貫注，全力以赴，最終不可思議地奪得了冠軍。

這個驚人的消息迅速傳遍了整個校園。體育老師陳Sir既震驚又欣喜，他好奇地問Bonica："在短短的十多天假期裏，你是如何取得如此巨大的進步，成為冠軍的呢？Bonica微笑著搖頭："我也不清楚，但我只知道，努力就行了。"

是的，天秤的兩端，既有努力，也有天賦。他們同樣重要。運動場上的她總是散發著光芒，時而輕盈地穿梭在乒乓球場中，時而又有力地揮動著手中的羽毛球拍，在籃球場上她又身形如電。她不僅僅是學校體育隊重要的一員，更是在各種校級比賽中點燃賽場的核心靈魂。她屢獲佳績，既是學校的榮耀，也是個人的傳奇。

# 領導者的誕生

在小學階段中，Bonica不單止因她的智慧和全面性而受人矚目，更因她的領導才能而顯得更加熠熠生輝。被老師們連續推薦為班長這件事，不僅是對她個人能力和領導能力的高度肯定，更是對她性格的深度信任。在身為班級領導者的這些日子中，Bonica不僅管理著班級的日常事務，更成為了同學們心中的楷模。

# 社交的試煉

然而，光環之下，總有陰影悄然醞釀。

Bonica的成功不可避免地引起了一些同學的嫉妒。在小學的社交舞臺上，Bonica也曾經歷過那些充滿惡意的排擠和詆毀。但那段歲月並沒有擊潰她，而是讓她變得更加堅韌。

然而，進入中學，Bonica卻再次遭受了沉重的打擊，她的兩位摯友背叛了她，甚至與其他人一起散播惡意的謠言。這段經歷，如同利刃一般，深深地刺痛了她的心。

但Bonica並沒有沉溺於悲傷和自憐。她決心改變，決心收起曾經"鋒芒畢露"的自己，重新學習與人相處。她不再參加各類比賽，只留在了乒乓球校隊。她說：「我希望在這裏找到真正的自我。」

Bonica在這片新的領域中，結識了真正的朋友，與他們共同走過了長達十七年的友誼之旅。這是一段珍貴的時光，充滿了歡笑和淚水，成為了她生命中最寶貴的財富。

然而，人生總是充滿了戲劇性的轉折。長大後，Bonica最好的男性朋友與當時同為乒乓球校隊成員的師妹結為連理。遺憾的是，那位師妹一直對Bonica懷有嫉妒之心。自他們結婚後，Bonica與這些曾經的好朋友們之間的緣分也似乎走到了盡頭，開始漸行漸遠。

對Bonica而言，這些經歷更像是教導她、磨鍊她的挑戰，讓她學會了如何在逆境中逆風飛翔，如何在挑戰中找到自我，如何在風雨中依然傲然地綻放。

# 青春故事的落幕

在這一章節中，我們見證了少女Bonica在學術和運動上取得了輝煌的成就，這不僅為她鋪就了未來的道路，更為她日後能夠成為奢侈品鑒定師打下了堅實的基石。她的故事告訴我們，一個人靈魂強大的重要性，即使面對社交的挑戰和心理的壓力，只要靈魂不屈，心智澄澈，就能夠用堅毅的意志和不屈不撓的精神來克服重重困難。

在Bonica的青春故事中，第二章是一個關鍵的時期，塑造了她的個人特質：嚴謹的學術追求者，熱情的運動員，以及具備領導能力的天生管理者。這些經歷加深了她對生活多方面的理解，為她未來成為一名全面發展的天才奠定了基礎。

在第二章的落幕中，我們目睹了Bonica堅定不移的意志和對成功的熾熱渴望。作為一名學生、運動員和領導者，她在每個領域都展現出自己卓越的才華和天生的能力，這為她未來的挑戰鋪設了一條相對平坦的道路。她在這個充滿競爭的世界中獲得了珍貴的成功。她也將帶著這份自信和榮耀，踏入更加廣闊的舞臺。在那裏，她將會面臨新的挑戰，並將她的學術才華和領導能力都提升到一個新的高度。

Bonica 的傳奇故事依然在繼續，她將如何運用這些早期的經歷塑造未來，如何在人生的畫布上繪製更加絢爛的色彩呢？將在接下來的章節中逐步揭曉。

# 建築夢想
# ——從理論到實踐

隨著Bonica Heidi Siu在學術和運動領域取得耀眼成就，她的視野也逐漸開闊，望向了更加廣闊的世界。這一章節將揭開Bonica是如何從一位多才多藝的學生蛻變成為一名才華橫溢的建築師，並為未來的創業之路奠定基礎。

# 踏入建築的世界

隨著中學生涯結束，Bonica 選擇了室內設計這一藝術與實用並重的領域，作為她學術旅程的下一站。在香港這個繁華都市中，她靜心沉氣，沉浸在對設計的基礎知識和技能的學習中。她的學習之旅也並不只停留在理論上，更是在實際的專案設計中展現出了她獨特的創造力和對美學設計的創新能力。

# 英國求學的日子

Bonica對知識的渴望並未因為在香港的學習而停止。她對更高層次知識的渴求和對新挑戰的渴望推動了她求學的步伐，英國伯明翰城市大學是她學業旅程中的又一站。在英國的學習不僅開闊了她的視野，也更好地磨鍊了她的專業技能，讓她能在設計的世界中更加自信地航行。

BIRMINGHAM
CITY UNIVERSITY

Showcase
day

# 碩士學位的奮鬥

Bonica不滿足於學士學位的成就，她就像一個攀岩者，從未停止對更高處的征服。為了取得更高的學術成就，她毅然決定繼續攻讀項目管理碩士學位，並成功地在英國華威大學度過了充實的一年。這一年的奮鬥和學習，不僅讓她深入理解了項目管理的專業知識，更讓她對建築師在實際工作中所面臨的那些挑戰有了更加深刻的認知。

# 奮鬥的成果及持續的學習

自2007年中學畢業之後，Bonica踏上了長達八年的求知之旅，期間她幾乎放棄了睡眠，全神貫注於室內設計的學術追求與創作實踐，在英國伯明翰城市大學，她不僅獲得了室內設計學士學位（2010-2011年）。

緊接著又秉持對專業知識的無限熱忱與不懈追求，攻讀了項目管理碩士學位（2011-2012年），以卓越的學術表現，紀錄了Bonica人生中第二次登上報章的時刻，是她繼運動比賽後，成為人生第二次感到自豪的成就。

隨後，得到了幾年工作經驗後，Bonica又於英國林肯大學攻讀了建築學學士學位（2015-2016年）。

「

進入英國華威

才發覺自己從

# 大學之後，
# 未學習過英文

——Bonica對更高層次知識的渴求和對新挑戰的渴望推動了她求學的步伐

# 職業生涯的起點

碩士學位完成後，Bonica帶著豐富的學識和充足的經驗回到了香港，開啟了她的職業生涯。最初的她在一家知名建築師事務所中擔任助理設計師，忙碌且充滿挑戰的工作節奏沒能打敗她。即使經常工作到深夜甚至旭日初升，對她來說都是積累經驗，厚積薄發的寶貴回憶。

## 在香港中文大學的成就

隨著經驗不斷積累，Bonica 迎來了在香港中文大學工作的機遇。在這裏，她以項目經理及建築設計師的身份參與了多個重要的建築項目，其中包括香港中文大學圖書館香港文學特藏工程項目及聯合書院胡忠圖書館工程項目等。

在Bonica的職業旅程中，她有幸遇到了一群理性的工作夥伴，與他們之間的合作是愉快且充滿尊重的。

然而一個陽光明媚的日子卻讓Bonica特別深刻，Bonica受政府委託，前往一個菜市場進行工程講解。代表對象是一位身材魁梧、身上紋有紋身的肉攤老闆。

Bonica 在準備開始講解時，卻感受到了肉攤老闆那銳利如刀的目光。在他的眼中，Bonica 的工程將會阻礙他的生意，為他帶來不便。

然而，Bonica並沒有被他的目光所嚇倒。她以專業的態度和無比的耐心，開始了她的講解。她的聲音堅定而溫柔，充滿了說服力。她詳細地解釋了工程的重要性，以及它將如何最少化對市場的干擾。她的專業精神如同一束光芒，穿透了肉攤老闆的疑慮和擔憂。

最終，肉攤老闆被 Bonica 的專業精神所打動。他的眼神從最初的銳利變得柔和，甚至露出了理解和感激的微笑。當 Bonica 準備離開時，肉攤老闆以最深的敬意歡送她，他的臉上洋溢著感激之情，不停地說："感謝判師！"。

Bonica的專業、認真、負責，讓她獲得了同事的交口稱讚和上司的高度認可。這讓她迅速打響了自己在業內的名聲，成為一名備受尊敬的專業人士。

身為年輕建築師的Bonica，獲得了媒體的關注，她的故事開始傳遍電視和電台。」

# 面對困難的勇氣

在這一章節中，我們能夠聽到Bonica用堅韌的歌喉演唱著執著向上的歌，她面對知識的渴求和挑戰的不屈向我們證明了，不論出生在何種背景下，只要堅持自己的夢想，就能夠用毅力、決心和創造力來譜寫一曲成功的讚歌。Bonica Heidi Siu的故事，無疑是對這一信念的完美詮釋和證明。

# 建築愛情
## ——和靈魂伴侶共築人生

在Bonica Heidi Siu 的命運之輪中，第四章標誌著一個神聖的轉折——她與未來的靈魂伴侶Terence Chan 相遇。這一章也將會描述他們兩人從相識、相愛到相守，共築人生，攜手面對挑戰的動人故事。

# 遇見靈魂伴侶

在建築殿堂中，Bonica不僅築起了屬於自己的專業聲譽，更邂逅了Terence。他們身為同事，一起投身於建築行業的創造和同一個專案的探究中，逐漸發現了兩人在性格、品味、觀念等多個方面的深切共鳴，就像兩塊拼圖碰巧找到互補的彼此。驚訝、喜悅、共同的經歷和對建築的熱愛，讓兩個初出茅廬的年輕專業人士緊密地聯繫在了一起。

# 愛情的萌芽

隨著時間的流逝，兩人的關係也在發生著微妙的變化，彼此間的默契和對話越來越投機，將兩顆心牽引得越來越近。

最終在2012年的9月18日，他們決定攜手走進愛情的旅程。這是一份基於相互尊重、相互信任的愛情，也是一份相互扶持，共同前進的愛情，在各自的職業生涯中，兩人都找到了最合適的那位同行者。

# 共同面對挑戰

人生不會一帆風順，愛情的道路也同樣佈滿坎坷，但Bonica和Terence的關係在愛情的試煉中愈發地堅固。他們攜手經歷了生活中的那些高低起伏，不論是職業上的壓力或是家庭的期望，以及籌備婚禮過程中的種種艱難。這些挑戰讓兩人如黃金般的感情經受了猛火的歷練，越來越堅定和純粹，彼此的理解和承諾也隨之加深。

# 婚禮的考驗

籌備婚禮的過程中，Bonica和Terence遭遇到了意料之外的困難，從與婚紗店的糾紛，到男方音齋的家人所給予的壓力，這些都考驗著兩人的情感和意志。然而，他們憑藉著共同的愛和無比的決心，成功地克服了這些挑戰，並最終在2019年9月29日這一天，結束了長達7年的愛情長跑，舉行了夢中的婚禮，那一日的美好夢幻成為了兩人心中永不褪色的璀璨回憶。

# 人生第三大成就

正是由於愛情道路上的坎坷和婚禮舉行過程中的那些困難，讓Bonica覺得嫁給Terence不僅是她人生中的一個重要時刻，更是她人生中的第三大成就，象徵了她克服命運的重要一筆。

這段關係也同樣證實了她對愛情的信念，證明了當兩人攜手共進，就可以克服一切艱難險阻。

在這一章的末尾，我們目睹了Bonica是如何在愛情的海洋中撥開迷霧，找到那束賦予她力量的光芒，並用這光芒照亮自身，也照亮航行前路。

Terence 對她來說，不僅是一個伴侶，更是她在人生旅途中的堅強後盾。隨著他們共同步入婚姻生活的殿堂，在未知的新旅程中，Bonica也做好了準備，與Terence 一起攜手，用彼此的愛意、信賴和支援，用自身的堅強、信念和勇氣，共同無畏地走下去。

# 創業的躍進
## ——從專業到創業的轉變

隨著Bonica Heidi Siu的人生航船逐漸駛入平穩的水域，她的個人和職業生活也開始迎來新的黎明。

然而，對於喜愛挑戰的Bonica來說，平穩的生活從來不是她的追求，站在這個人生的新起點，她的目光越過了熟悉的建築樂園，望向了遠方的那個夢想之地。

第五章的繪卷正是由此展開，向我們展示了Bonica是如何從一名才華橫溢的建築師蛻變成為一位勇於創新的創業家。她的手中，不僅有著建築的魔法，更有著改變世界的力量，當她決心將自己的夢想變為現實時，Heracles Company Limited也就隨之而誕生了。

# 突發的創業靈感

在疫情肆虐的時代，世界都被迫按下了慢速鍵，Bonica也開始對自己職業生涯和生活目標作深刻反思。

在那段被迫居家工作的時間裏，她的生活變得前所未有的安靜，這樣的安靜如同一縷輕柔的晨光探進她的靈感之窗，於是一個大膽的想法閃現在她的腦海：

“我要創業！”這個決定，不僅在她的心中種下了一顆充滿希望的種子，更迅速地轉化為行動的力量。

# 創業的初衷

大家總是問：「為什麼會選擇

Bonica的考慮卻很簡單：第一，在疫情嚴峻之際，歐洲各地的名牌工廠都停工，但仍然無阻世界各地的人對於奢侈品牌的不斷追求和渴望。

疫情改變了人們的消費模式:日常用品、手提電話、汽車，甚至住屋樓宇的買賣都轉型為線上交易，她希望建立完善的奢侈品網路交易平台，將奢侈品的買賣變得更加便捷。

Bonica決心要略盡綿力，為打擊

名牌手袋作為創業的開始呢？」

第二，一直留意潮流動態的Bonica認為精品包一直背負莫須有的污名："許多人認為擁有奢侈品只是為了炫耀"她決心用自己的行動來為精品包正名。

第三，奢侈品的入場門檻高，部份經典款式更是需透過另類的企業行銷方式方可獲得，在供不應求的情況下，不少買家輕易墮入高仿品的詐騙中。

詐騙罪案奉獻出自己的力量。

「疫情改變了人們的消費模式，為什麼奢侈品卻依然要停留在實體店中？」

—— Bonica 希望建立完善的奢侈品網路交易平台，將奢侈品的買賣變得更加便捷

「每一件奢侈品背後都有著獨特的故事和歷史，每一個精品包都是藝術品。」

—— Bonica 決心用自己的行動來為精品包正名

# 創業的準備

創業之路從來不會一帆風順。

Bonica所面臨的第一個挑戰就是為自己的公司命名，這個名字不僅要能夠代表她的使命和願景，還要能夠與她的個人品牌有著極高的匹配度。在深思熟慮之後，她想到了希臘神話中那位勇敢、善良、強大的大力神——赫拉克勒斯，於是，Heracles Company Limited就誕生了。這個名字不僅象徵著Bonica對未來的無限希望和堅定信念，也代表了在她的帶領下，這家公司將成為一家如同赫拉克勒斯一樣永不言棄的公司。

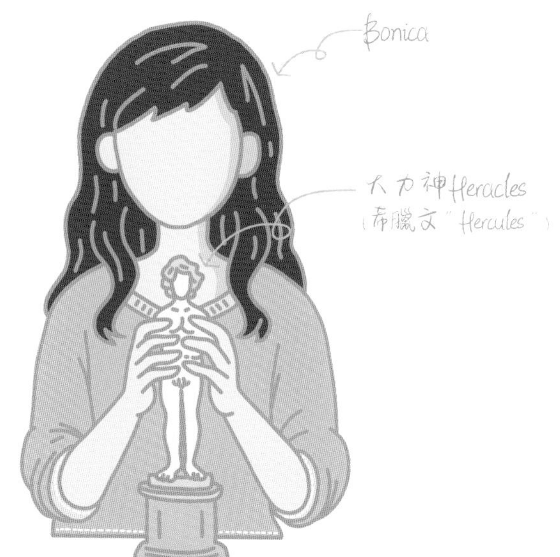

HERACLES

HERACLES

# 創業之初的挑戰

Bonica很快意識到，創業之路遠比她最初想像的還要艱難。從社交媒體平台到尋找可靠的合作夥伴，從建立客戶信任到穩定資金流，每一步對於她來說都如同攀登一座新的高山一樣，每個轉折中都充滿了未知和困難。

# 打破傳統：實體店的成功

在努力確立品牌和網路業務的過程中，Bonica很快意識到客戶的信任是非常重要的，尤其是對於奢侈品交易來說，一家靠譜的實體店能夠讓客戶事先就提高50%的信賴程度。

2021年2月28日
準備，第一間 Heracle
的實體店

這個決定雖然遭遇了一些不解和質疑，但也證明了Bonica靈敏的商業嗅覺——從實體店開業起，公司的業務就立即得到了提升，而這家實體店，也成為公司向成功邁進向成功的一個至關重要的轉折。

過了無數的努力和準備，
ompany Limited
沙咀正式開業。

# 經營理念的確立

創業對於Bonica來說，並不是只為了賺錢，更是她實現個人理想和生活目標的華麗舞臺。在經營公司的過程中，Bonica始終堅守著她的經營理念，那就是通過提供奢侈品鑒證服務，為消費者建立起一道保護消費者免受冒牌商品侵害防線。

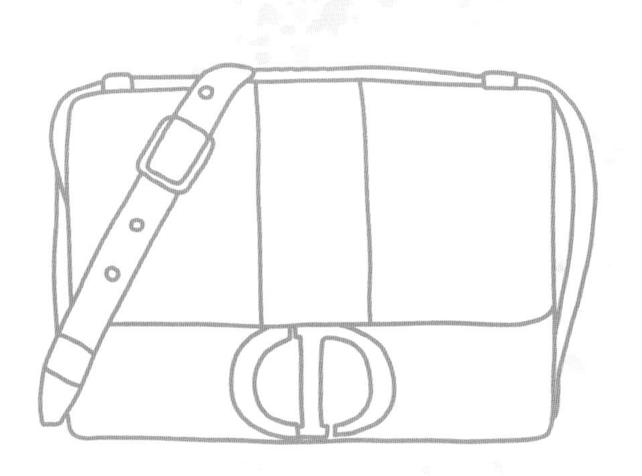

這不僅是一項商業行為，更是對社會責任的堅定承諾。Heracles Company Limited迅速在業界崛起，建立了聲譽，成為了客戶信任的代名詞。

# 卓越的成就

Bonica Heidi Siu一直以禮待人，並掌握了一套與顧客的相處之道。

在2021年，Bonica的公司榮獲首個獎項——《2021-2022年度Carousell傑出優質商戶－名牌類別－手袋》。這不僅是對她公司產品的認可，更是對她經營理念的肯定。

緊接著，她的公司再次榮獲《香港最優秀企業大獎2023一年度最佳奢侈品品牌線上代理及優質鑒證平台》，這一榮譽進一步證明了她在奢侈品行業的卓越成就。

# 傑出女總裁

然而，Bonica的輝煌並未止步於此。經過短短三年的不懈努力，她的成就得到了國際的認可。在2023年，她被中國都市報（澳門分社）甄選為2022/23年度《國際傑出女總裁大獎》的得主。這一榮譽的甄選標準極為嚴格，要求獲獎者卓爾不群，熱心貢獻社會，為推動整體經濟發展不遺餘力，於商界及社會均有卓越成就和豐碩貢獻，成就自信女性的角色。

在這次隆重的頒獎典禮上，Bonica攜帶父母一同出席，見證了這一榮耀時刻。她的父親顯得異常高興，頻頻拍下眼前的每一幕，記錄這難忘的時刻。這是對Bonica辛勤工作和卓越成就的最好肯定，也是對她作為一個自信、成功的女性企業家的最佳讚譽。

# 嶄新的開始和努力的結果

在第五章的結尾，我們可以看到那位在外人眼裏早已功成名就，家庭美滿的職業女性。Bonica從一位才華橫溢的建築師，蛻變成為一位具有遠見卓識的創業家。

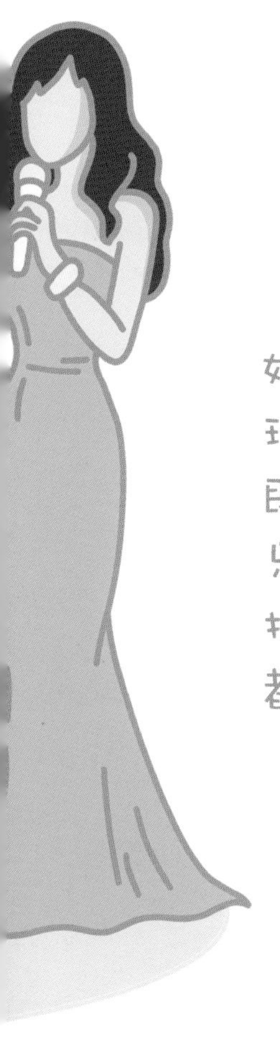

她的故事是一個關於夢想和實現夢想的故事，有力地證明，即使面對創業的未知和挑戰，只要堅持自己的人生信念，保持自己頭腦的靈活，任何夢想都有可能會實現。

Heracles Company Limited不僅為Bonica的個人職業生涯增添了新的光環，更為她的客戶提供了無可替代的價值和保障。而這還只是她創業故事的開始，猶如一個華麗的序章，引領著我們進入一個充滿無限可能的未來。

隨著Bonica的創業之路逐漸展開，她的決心和她對於提供卓越服務的承諾，成為了公司成功的基石。她的故事會繼續激勵著每一個人，特別是那些勇敢追夢的年輕專業人士。Bonica Heidi Siu的自傳第五章，是一個嶄新的開始，也是她過去磨鍊和努力的結果，更是她將要繼續不斷學習、不斷成長的見證。

# 奢華的真諦
# ——成為手袋鑒證師

隨著Heracles Company Limited的成功開業，Bonica Heidi Siu的目光轉向了更加遠大的目標：將其打造成一家專業的奢侈品鑒證公司。

第六章將深入探討Bonica如何運用她的專業知識和對奢侈品的深刻理解，逐步成為業界公認的手袋鑒證師。

# 鑒定之路的啟航

Bonica對奢侈品的熱愛遠超於個人的收藏愛好，她對品牌的歷史和工藝品質都進行了深入的研究和探索。為了正式進入奢侈品鑒定這一專業領域，她投身於國際著名拍賣行及一系列的奢侈品鑒定專業課程中，最終成為了一名具備完整資格的手袋鑒證師。這是一段充滿學習和挑戰的旅程，在這段學習過程中，Bonica不僅學會了如何鑒定奢侈品的真偽，還掌握了評估其價值的專業技能。

每一個細節的精確把握、每一項工藝的深刻理解，都讓她在這個領域中迅速成長。這段學習經歷是一把鑰匙，為她打開了通往奢侈品鑒定專業服務的大門。

# 以專業知識贏得認可

通過不斷地學習和實踐，Bonica迅速在業内以其精准的鑒證能力和對客戶認真負責的態度贏得了崇高的聲譽。她的公司也開始提供高質量的鑒證服務，為顧客辨別真偽並提供購買建議。

有次，一位 Consigner（寄售人）想要把家裏的Hermès黑色啞面鱷魚皮 Birkin 手袋拿到拍賣行拍賣，像往常一樣，Bonica先對手袋進行鑒定估價，會考慮品牌、市場庫存、生產年份、破損情況、尺寸、材質等因素來作出合理的報價。

鑒定過程中，寄售人一直強調說：
“手袋是最近買的，很新的！”

Bonica也的確發現手袋使用狀況很好，但一查刻印竟然是B印，也就是說，手袋的生產年份是1998年，距今已經有25年歷史了！

經過Bonica的查證和列證，寄售人終於坦白，她的確是在1998年購入這個手袋，她也為Bonica精湛的鑒定技巧所折服。

BONICA
AUTHENTITATION

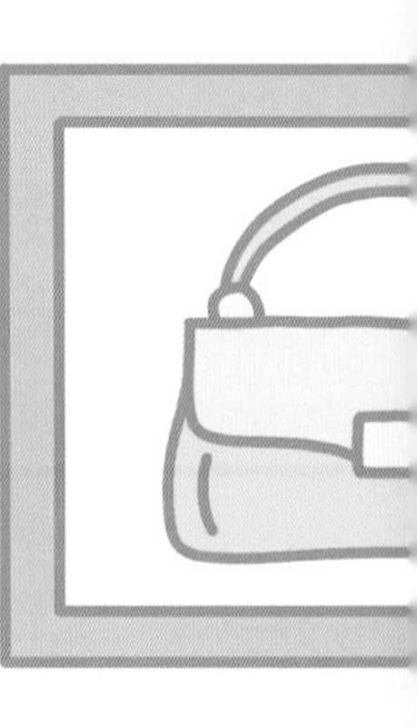

PURSE

還有一次，一位手袋賣家連同買家一起到達Bonica的公司，請Bonica為她們鑒證一個Hermès VIP特別訂購的馬蹄印（Hermès Horseshoe Stamp，HSS）手袋。

賣家是一位氣質高雅、貴氣逼人的女士。眼神中帶著一絲不易察覺的傲慢，在接過Bonica的名片後，似乎不太相信這位手執簡單鑒證工具的女士能夠準確鑒定手袋的真偽，隨即將名片交給了自己的助手。

S

S

# Hermès Horse Stamp

（*注：Hermès馬蹄印記：愛馬仕為每個定制手袋印上一個馬蹄鐵造型的標誌: HSS，即Horseshoe Stamp。

因此愛馬仕的定制手袋又被稱為:「馬蹄印手袋」或「HSS手袋」。）

然而，鑒定過程中，Bonica以她獨特的方式，與手袋愛好者輕鬆交談。她一邊深入瞭解大眾對於名貴手袋的看法，一邊分享奢侈品市場的最新動態。她的言語充滿了知識和熱情，逐漸吸引了賣家的注意。

她們的話題從手袋品牌開始逐漸擴展到手袋的保養、維修，乃至更廣泛的內容。賣家被Bonica的專業知識和獨到見解所打動，她們的交談愈發熱烈，賣家逐漸露出了滿意的笑容。

最令人動容的是，當鑒定結束時，賣家不僅對Bonica的解答表示了深深的感激，她還特意請助手再次拿回Bonica的名片，專注地看著Bonica的名字，稱讚她的專業素養。

這一刻，不僅是Bonica專業能力的體現，更是她以真誠和熱情贏得客戶信任的最好證明。

# 社交媒體上的影響力

Bonica在專業知識和社交媒體策略之間找到了完美的平衡點。為了把自己的專業知識和對奢侈品的熱愛分享給更廣泛的受眾，她創建了專頁[奢侈品鑒證師Ca姐]。這個專頁就像一座橋樑，連接了Bonica的專業世界和公眾的興趣。

在社交平台上，Bonica用生動有趣的插畫和深入淺出的語言，向網友們介紹最新的時尚趨勢，並提供專業的鑒證知識。

她的專頁如同一個華麗又飽含內涵的圖書館，讓所有對奢侈品有著濃厚興趣的人都能夠找到屬於自己的那一本書。因此，Ca姐的專頁迅速獲得了大量的追隨者，她將自己打造成一個值得信賴的品牌。在專頁上分享的內容，不僅提供了實用的鑒證技巧，還涵蓋了時尚趨勢和市場動態，幫助消費者們避免高仿品的陷阱，同時也為愛好者們提供了學習、交流和成長的平台。

# 手袋鑒賞藝術的教育與傳承

Bonica 不僅是一位鑒證師，同時也是一位藝術家和教育家。在她看來，手袋鑒定是一門藝術，是美學和工藝的頂級結合。她的熱情也並不僅限於在鑒定工作本身，而是延伸到了教育公眾如何欣賞和維護他們的珍貴收藏。

她的教育熱情促使她舉辦了一系列的工作坊和研討會，旨在教授理論知識的同時，為公眾提供了實踐的機會，讓愛好者們能夠親自體驗鑒證的過程，學習如何識別和保養他們的手袋。

這些工作坊和講座，猶如一場場知識的盛宴，受到了廣泛的歡迎。參與者們能夠學會如何辨別奢侈品的真偽，同時對奢侈品鑒證這個行業有了更深入理解。他們的事業被得到拓展，對奢侈品的認識從單一的消費轉變為對工藝和美學的欣賞。

此外，Bonica還與手袋維修專家合作，為顧客提供專業的維修服務。這項服務不僅能延長奢侈品的壽命，更是對工藝和傳承的尊重。

# 社會影響與文化貢獻

作為一名企業家，Bonica明白她的工作和企業對社會有著更深遠的影響。對她來說，Heracles Company Limited 是她一手創建的商業實體，也是她對打擊假冒產品，提升公眾意識和維護消費者權益的堅定承諾。在Bonica的不懈努力下，她在業內建立了聲譽，同時也推動了整個奢侈品市場往更正面和可持續的方向發展。

在第六章中，我們可以看到Bonica如何在這個領域裏以自己的天賦和努力綻放光芒。她的旅程猶如一個華麗的轉折，延伸出美麗的星河。她的故事也逐漸新增了承諾、影響力和變革，證明只要你願意付出，夢想和決心就一定不會被辜負。

## 承諾與貢獻
## ——社會創新的領航者

在 Bonica Heidi Siu 璀璨的人生旅途中，她在事業與個人生活領域均取得了耀眼的成就。然而，她的心靈深處卻始終懷揣著一種渴望：尋找一種方式，以自己的力量回饋這個社會，將商業上的成功轉化為對社會的貢獻。

在第七章中，我們就將揭示她如何以卓越的領導力和榜樣力量，帶領自己的公司踏上這條充滿愛心的道路。

# 教育的力量

Bonica堅信教育擁有改變世界的力量。她選擇將自己的母校──那所曾經培育她、鼓勵她成為領導者的知識殿堂──作為她回饋社會的起點。

她慷慨解囊，為學校的基礎設施發展提供資金支援，同時親臨校園參與各種活動，用她的故事和智慧激勵著學校的師弟師妹們。

這是知識和經驗的傳承，也是堅韌努力的人生信念和追逐夢想的堅持不懈的傳承。

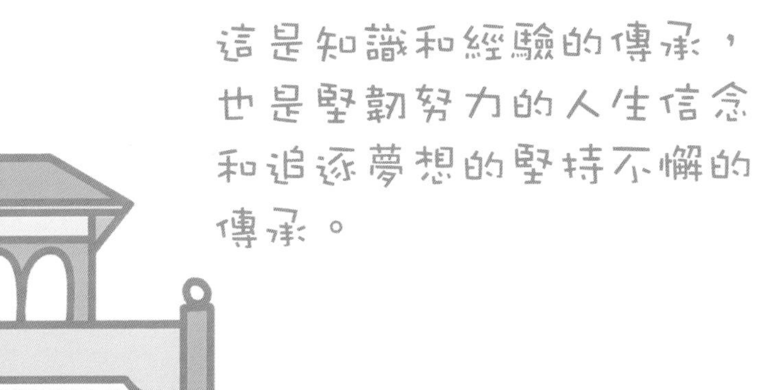

# 人生第四大成就

在Bonica Heidi Siu 的小學時代，她便以她獨特的魅力和才華成為了校園中無可爭議的風雲人物。那位戴著眼鏡、身材高大且英俊的男班主任對Bonica的特別關懷就像溫暖的陽光，照亮了她的成長之路。時光流轉到2020年，這位慧眼識珠的老師再次推薦Bonica擔任母校校友會的副主席，這不僅是對她過去成就的肯定，更是對她未來潛力的信任。

三年後，Bonica對學校的貢獻獲得了廣泛的認可，她榮幸地成為了學校董事會的一員。這樣一位年輕的女性能夠躋身董事之列讓許多人感到震驚與讚嘆。她的父親Peter更是滿懷Bonica「光宗耀祖」的驕傲和喜悅。

# 文化與藝術的交流

在Bonica的眼中，奢侈品不僅僅是財富的象徵，它們更是文化和藝術的結晶，展示了不同區域的文化和設計師的內心世界，因此，她毅然投身於促進文化交流的事業。

她通過多種方式支援本地藝術家，並調動自己的力量，通過各種管道展示奢侈品背後的故事和工藝，讓更多人能夠瞭解和欣賞這些珍貴的文化遺產。

# 公益活動的擴展

Bonica的熱情不僅局限於個人成就的積累，而是蔓延至更加廣闊的慈善領域。她通過Heracles Company Limited這一平台，舉辦了一系列意義非凡的義賣活動，將所有收益毫無保留地捐贈給了眾多需要援助的慈善機構。她堅信這樣的行動不僅能為需要援助的人們帶去希望和溫暖，更能在社會上激發起一片慷慨解囊的浪潮。

# 社區的互動

Bonica在社區中的參與不限於金錢上的支援。她經常與商界、文化藝術界、教育界及科技創新界的代表會面，分享見解，並推動社會創新。她的目標是將商業成功與社會責任相結合，創造出積極的社會影響。

# 精神的傳承

在Bonica的職業生涯中，她不僅堅守著永不放棄的創業家精神，更將愛與正面的資訊傳遞給下一代。她的故事，如同一段美麗的旋律，激勵著無數人的心靈。

對於自己的生意，Bonica總是親力親為，她的熱情和專業精神滲透在每一個細節中。

面對買家對手袋真偽和使用狀況的擔憂，Bonica繼續提供專業的手袋鑒證服務。她製作出詳盡的手袋報告分析，讓每一位顧客在購買手袋時都能感到安心和滿意。

Bonica的卓越不僅體現在個人服務上，她還聯合鑒證專家，舉辦了一系列手袋鑒證課程。這些課程為所有對名牌手袋鑒證感興趣的人士提供了一個學習和提升的機會。同時，她還與手袋維修公司合作，提供專業的手袋修復服務，延長心愛手袋的使用壽命，讓它們能夠長久地陪伴在主人身邊。

PROFESSIONAL
HAND BAG
SERVICES

Bonica一直推廣的線上平台，更是她遠大願景的體現。她希望這個平台能夠成為奢侈品和藝術品行業的聚集地，促進文化和設計的交流，為奢侈品和藝術品的愛好者提供一個深層次交流的本地和國際合作平台。

滿懷抱負的Bonica，在未來的道路上，也將繼續懷著一顆謙卑的心，為自己的人生理想而奮鬥。她經常提醒自己，無論走到哪里，都不忘初心，不忘那顆驅動她不斷前行的熱忱之心。而她的故事，也會繼續激勵著無數人，成為他們追求夢想的力量源泉。

在第七章的結尾，我們可以發現，在Bonica的人生篇章中，她不僅以企業家的身份取得了顯著成就，更以她對社會貢獻的熱情和行動，塑造了一個深刻的社會創新領航者的形象。

她將商業智慧與慈善精神相結合的行動，像是一顆種子，激發了社會各界對慈善事業的關注和支援。她的信念如同火炬，照亮了前行的道路，引領著人們走向更加光明的未來。

Bonica的故事，是一個由個人成功轉化為社會貢獻的生動案例。她的經歷激勵著每一個追求卓越的人，提醒我們成功的真正意義在於我們如何利用自己的能力和資源，為社會帶來正面的影響。在她的貢獻下，我們看到了一個更加關懷、包容和進步的社會的可能。

# 過往與未來
# ——注解與延伸

第八章，《手袋鑒證師Bonica Heidi Siu》不僅是對過往歲月的深情回顧，也是對未來藍圖的深思熟慮。在這一章節中，Bonica不僅注解了她人生旅途的點滴，更是對她人生旅途的深層次反思與前瞻。

# 居住環境的變遷

出生於唐樓，從Bonica的小學時代起，她的人生旅程就在慈雲山的公共屋邨徐徐展開。這個充滿生活氣息的地方，見證了她的成長、夢想與變遷。在這個充滿溫情與回憶的社區裏，Bonica度過了她的青春歲月，也塑造了她堅韌不拔的性格。

結婚之前，Bonica選擇了與家人更親近的居屋。在這裏，她與家人的聯繫從未間斷，溫馨的家庭氛圍成為了她最堅實的後盾。每一次與家人的團聚，都是她心靈深處最珍貴的寶藏。

# 居住環境的變遷

婚後，在丈夫Terence的全力支援下，Bonica選擇了沙田的私人屋苑。這不僅為她提供了工作的便利，更象徵著家庭關係的和諧與美滿。在這裏，她與Terence共同建立了一個充滿愛與理解的溫馨家園。

一年後，他們遷至白石角的豪宅區。這不僅是對物質生活的一次提升，更是對生活質量追求的體現。在這個充滿寧靜與奢華的環境中，Bonica和Terence享受著生活的美好，也繼續為他們的未來努力奮鬥。

# 啟蒙老師的影響

小學一年級的班主任歐舜莊老師，以她那如瀑布般的長卷髮和溫暖的擁抱，給予了Bonica最初的肯定和鼓勵。她對Bonica的高度評價，為她後來的成長奠定了基礎，她的信任和支援，也讓Bonica在學校的舞臺上嶄露頭角，完成了從班長到幼童軍隊長的轉變和成長。

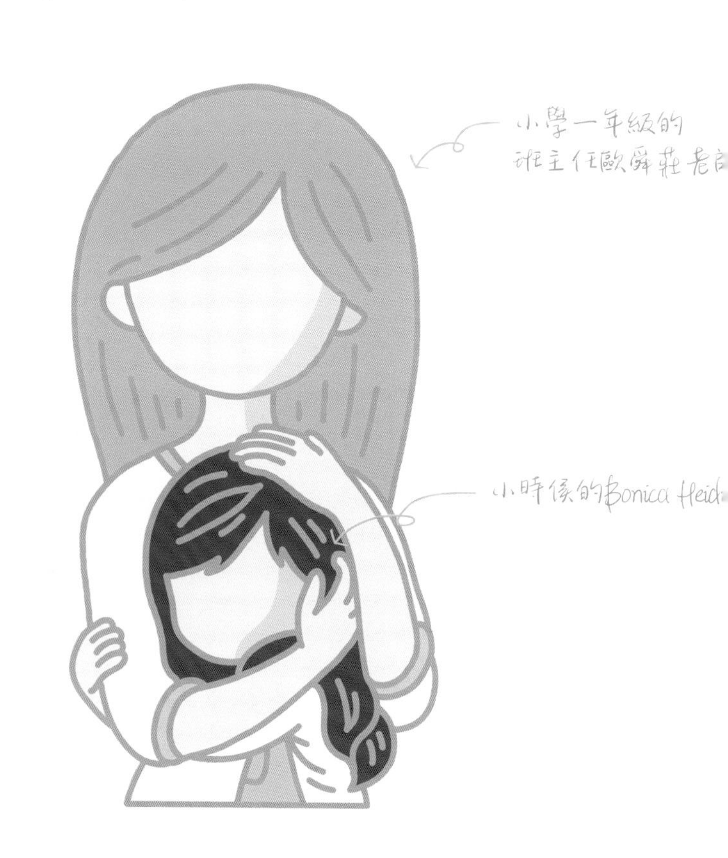

另一位重要的導師，衛有明老師，則在Bonica Heidi Siu的成長道路上發揮了舉足輕重的作用。他的加持和指導，讓Bonica在校友會副主席的位置上大放異彩，最終成為校董會的一員。衛有明老師的智慧和經驗，為Bonica提供了寶貴的指導，使她在學校的管理和決策中發揮了重要的作用。

中學二年級的班主任張美儀老師是Bonica Heidi Siu的良師。從中學時期，Bonica被張老師推薦加入事業教育組，到創業後獲邀回到母校作演講。張美儀老師一次又一次的信任和賞識Bonica，成為了Bonica一直以來對未來努力奮鬥的強心針，也給予了她高度的肯定。

鋼琴老師Miss Caren Chan也是Bonica Heidi Siu成長過程中不可或缺的重要人物。除了教導Bonica彈鋼琴十數載，她也在Bonica的每一個成長階段陪伴著她，讓彼此成為亦師亦友的關係。從升學到工作，Miss Chan也會利用自己的人生經驗給予Bonica寶貴的意見，與Bonica一起經歷人生的高低起伏。

# 風紀內的溫情

Bonica作為學校風紀，是校園中秩序的維護者，更是師弟師妹們心中的楷模和領袖。她在低年級課室中，以公正和耐心維持著秩序的時，也贏得了師弟師妹們的深深愛戴。

那些由師弟師妹們親手摺疊的紙鶴，如同飛翔的希望和夢想，是對Bonica的最高肯定。每一只紙鶴，都承載著對她的尊敬和感激，也映射出她的人格魅力和領導力。

# 婚禮的考驗

婚禮是人生旅程中的一個重要節點。在Bonica和Terence的婚禮路途中，充滿了重重考驗。從婚紗店的欺詐到Terence吝嗇的父母的不支持，他們面對的每一個挑戰，都考驗著他們的愛情和決心。

但每一次的挑戰，都讓他們的情感更加緊密。也讓Bonica的意志更加堅定，正如Bonica在人生旅途中所經歷的每一個困難那樣，她從不會選擇放棄，而是選擇以愛、堅持和勇氣來克服前行。

# 命運的指引

風水師和塔羅師的預測，或許在某些人眼中是迷信，但對於Bonica和Terence來說，卻是命運的奇妙指引。這些看似神秘莫測的預言，以它們獨特的方式，在他們的人生旅途中扮演了不可預見的角色。風水師指導著辦公桌的擺設，更鼓勵他們創造一個和諧、充滿正能量的工作環境。

每一次的調整和改變，都讓他們的職業生涯更加順利，也為他們的成功奠定了基礎。同時，塔羅牌的占卜，也為他們的生活帶來了新的視角和啟示。每一次的牌面解讀，都讓他們對未來的挑戰和機遇有了更深地理解和準備。這些占卜，不僅僅是在預測未來，更是在人生中的每一次選擇。

# 心路歷程

在最後一章中，Bonica Heidi Siu對自己的心路歷程進行了深入地回顧。Bonica的人生充滿了一件件小事，而正是這些小事，構築了她人生故事中最閃亮的篇章。它們如同一顆顆璀璨的星辰，照亮了她的職業道路，也贏得了人們的信任和尊重。她的故事告訴我們，無論在哪個領域，真誠和用心都是成功的關鍵。

在這個章節的結束，Bonica定義了自己過去的成就；從建築師到創業家，從專業到家庭，每一步都是她精心佈局的生活藍圖。這些故事，將作為她給予後來者的寶貴財富，傳承著她堅毅、務實、充滿愛心的精神。

在自傳《手袋鑒證師Bonica Heidi Siu》裏，我們跟隨著一位女性從童年的樸素夢想走向成熟的旅程，我們見證了她對過去的回顧，也可以預見她對未來的展望。

她的故事是一連串的變遷和成長，由內而外地展現了她的堅韌和責任感。

在每一次居住環境的變遷中，我們都看到了她如何步步為營，不斷提升自己的生活品質。每一次的搬遷，都不僅是地理位置的改變，更是人生階段的轉變。Bonica的居住環境見證了她從青澀少女到成熟女性的蛻變，也映射出她對生活品質和家庭和諧的追求。她的故事，就像是一部生活的史詩，充滿了變化與成長，也充滿了希望與夢想。

Bonica特別提到了老師們的肯定和鼓勵對她來說是無價的。從老師的鼓勵和支援中，我們理解了她如何將這些正面能量轉化為實際行動，並在教育和職業上取得成功。

# 心路歷程（續）

風紀時期的小故事，不僅展現了Bonica領導才能的早期萌芽，也體現了她深受歡迎的個性。那些由小師弟小師妹們親手製作的樸素禮物，至今仍是她寶貴的記憶，提醒著她，無論未來走得多遠，都不能忘記初心和純真。

婚禮的挑戰和困難，對Bonica和Terence來說是一次對愛情的淬鍊。面對無良商家的欺詐和家庭的不支持，他們沒有選擇放棄，而是選擇了堅持和勇敢。他們的勇氣象徵著愛情的力量，也向世人展示了作為真正伴侶的承諾。

風水師和塔羅師的預言，在他們的愛情故事中扮演了一種神秘而奇妙的角色。這些預言，不論是迷信還是智慧的指引，都成為了Bonica和Terence共同經歷的一部分，以一種不可預測的方式融入了他們的生活。這些預言的奇妙成真，為他們的愛情故事增添了一抹神秘色彩，也讓他們在人生的旅途中充滿了期待和驚喜。

而小故事中的溫馨瞬間，則顯示了她對人與人之間關係的細膩感悟。

通過Bonica Heidi Siu的故事，我們可以看到，無論面對怎樣的困難和挑戰，只要有堅定的意志和積極的態度，就能夠綻放出魅力的人生之花，每一個平凡的開始都有可能走向不平凡的終點。

書名 | 手袋鑒證師 Bonica Heidi Siu
作者 | Bonica Heidi Siu
出版 | 超媒體出版有限公司
地址 | 荃灣柴灣角街 34-36 號萬達來工業中心 21 樓 2 室
出版計劃查詢 | (852)3596 4296
電郵 | info@easy-publish.org
網址 | http://www.easy-publish.org
香港總經銷 | 聯合新零售 ( 香港 ) 有限公司
出版日期 | 2024 年 7 月
圖書分類 | 流行讀物 / 風尚時裝
國際書號 | 978-988-8839-92-6
定價 | HK$128

Printed and Published in Hong Kong

# BONICA HEIDI SIU

一位改變奢侈品世界的人

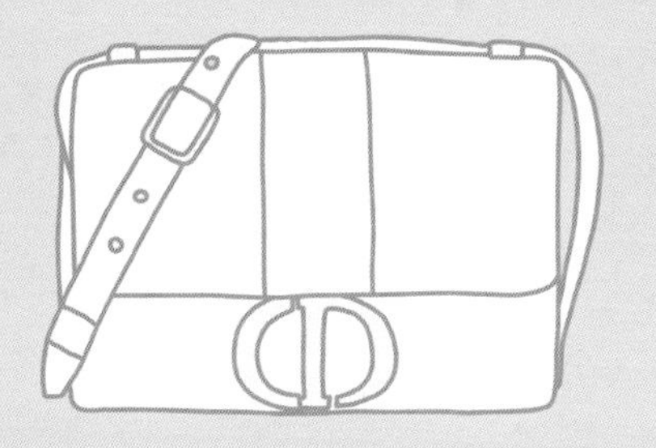